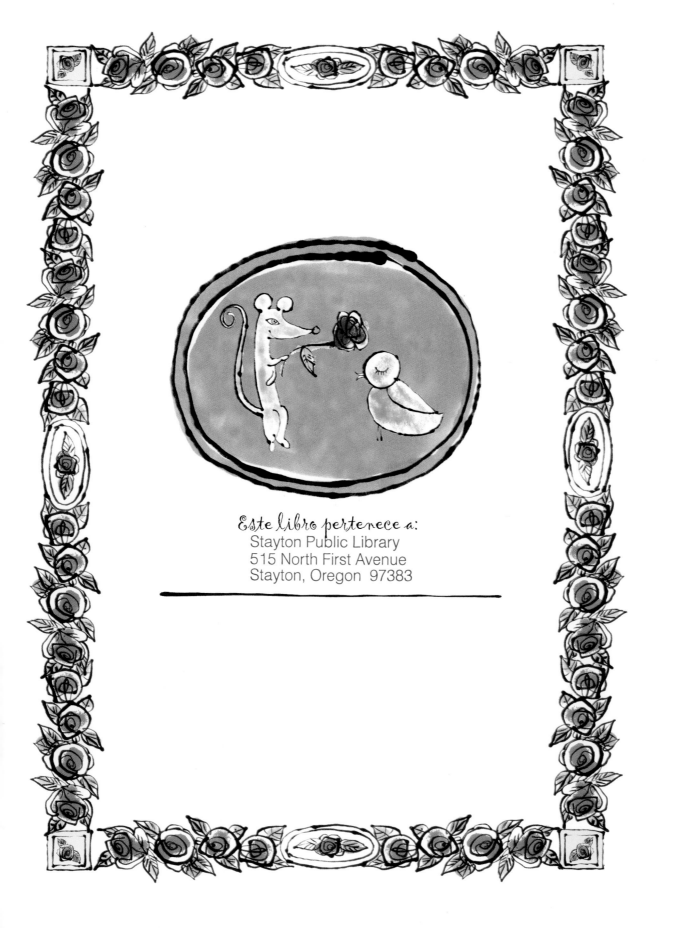

Este libro pertenece a:

# Las Rosas Inglesas

POR

MADONNA

ilustrado por

Jeffrey Fulvimari

UN LIBRO DE CALLAWAY

SCHOLASTIC INC.

New York Toronto London Auckland Sydney Mexico City New Delhi Hong Kong Buenos Aires

Para Lola y Rocco

¿**H**as oído hablar
de las Rosas Inglesas?

No son ninguna de estas cosas:
Ni una caja de bombones.
Ni un equipo de fútbol.
Ni flores de jardín.

Pero sí son:
Cuatro niñas que se llaman
Nicole, Amy, Charlotte y Grace.

*¡Las rosas inglesas son las mejores!*

Nicole     Amy     Charlotte     Grace

¿Quieres saber más sobre ellas?
Viven muy cerca y van a la misma escuela. Juegan a las
mismas cosas, leen los mismos libros y se fijan en los
mismos chicos.

A las Rosas Inglesas les gusta merendar al aire libre en
verano y patinar sobre hielo en invierno. Son amigas
inseparables.

pan de
centeno

galletitas

pescado frito

papas fritas

Pero lo que más les gusta es bailar. . . .

techno
Fox-trot

(vogue)

the
tickety
boo

Cualquiera diría que no podían pasarla mejor juntas y, según cómo lo mires, así era. Pero había algo que les preocupaba. Las cuatro tenían un poco de envidia de una niña que vivía cerca.

Aquella niña se llamaba Binah.
¿Quieres saber más sobre ella?
Era muy, pero que muy linda.
Tenía el pelo largo y sedoso y la piel de durazno.
Sacaba excelentes notas en la escuela y le gustaban mucho los deportes.
Siempre era buena con la gente.
Era una niña fuera de lo común.

Pero estaba triste. Y es que, aunque era la niña más bonita que nadie hubiese visto, se sentía muy abandonada. No tenía amigos, e iba sola a todas partes.

A estas alturas, te estarás preguntando:
—¿Y cuál es el problema? Si era tan buena niña, ¿por qué las Rosas Inglesas no la invitaban a merendar?

Pues presta atención, ya te lo había dicho antes.
Porque le tenían un poco de envidia.
Bueno, tal vez fuera más que un poco. ¿Nunca te has puesto verde de envidia? ¿Ni has deseado algo hasta el punto de creer que ibas a morir si no lo conseguías? Si dices que no, estás diciendo una mentira muy grande y se lo voy a decir a tu madre.

Y no me interrumpas más, vamos.

En realidad, a las Rosas Inglesas les hubiera gustado ser amables con Binah. Sabían que se sentía sola, pero no se creían capaces de tratarla con amabilidad porque, fueran a donde fueran, siempre oían lo mismo:

—¡Qué linda es!

—¡Brilla como una estrella!

—¡Binah es increíble!

Cuando Nicole, Amy, Charlotte y Grace oían que la gente decía estas cosas de Binah, se ponían frenéticas. Y entonces decían:

—¿Acaso no tiene defectos?

—A nosotras nunca nos dicen esas cosas.

—¡No es justo que siempre se fijen en ella!

—Si pasa por aquí, fingiremos que no la vemos.

—¡Y la tiraremos al lago!

Y eso es lo que hicieron.

¡No, no la tiraron al lago!

Me refería a lo de fingir que no la veían.

Y así pasaron los días, y las Rosas Inglesas siguieron divirtiéndose juntas mientras Binah tenía que quedarse sola.

Una vez, las cuatro niñas se quedaron a dormir en casa de Nicole y, por la noche, su madre asomó la cabeza por la puerta y dijo:

—Tengo que hablar con ustedes.

—Tranquila, mamá, sólo estamos haciendo una guerra de almohadas —dijo Nicole—. Enseguida nos vamos a dormir.

—No he venido por eso —respondió su madre—. Les quería hablar de Binah. Vive en la misma calle que ustedes, va a la misma escuela que ustedes y tiene los mismos gustos que ustedes, pero nunca la invitan a casa ni hacen nada para ser amables con ella.

Hubo un silencio muy largo.

*L*as Rosas Inglesas bajaron la vista y se miraron entre sí. Amy fue la primera en contestar:

—Se cree que es la reina de Inglaterra sólo porque es linda.

—¡Eso! ¿Por qué íbamos a invitarla? Todos le prestan más atención de la que merece —agregó Charlotte.

—No es que nos caiga mal —dijo Nicole—. Es que seguro que es muy creída. Las niñas lindas casi siempre lo son.

La madre de Nicole reflexionó un momento y luego dijo:

—Creo que no están siendo justas con ella. Se nota mucho que necesita amigos, pero ustedes ni siquiera se han dignado a hablarle. ¿Cómo saben qué carácter tiene? ¿Les gustaría que la gente decidiese cómo tratarlas sólo por su aspecto?

*L*as niñas se dieron cuenta de que tenía razón, pero no quisieron reconocerlo. De pronto, se les habían pasado las ganas de seguir con la guerra de almohadas.

—Piensen un poco en lo que les he dicho —dijo la madre de Nicole. Luego se levantó y les dio un beso de buenas noches.

Al irse su madre, Nicole apagó la luz y las niñas se quedaron un buen rato a oscuras pensando en lo que habían oído. Ninguna de ellas dijo nada y, finalmente, las cuatro se quedaron profundamente dormidas.

Y, mientras dormían, todas tuvieron el mismo sueño.

Y esto es lo que soñaron:

Las cuatro estaban merendando en el parque y quejándose (como siempre) de lo linda que era Binah y de que todos le hicieran taaaaanto caso, y de lo injusto que era para ellas, cuando, de pronto, ¡apareció un hada madrina! Era bajita y regordeta, y tenía un aspecto muy alegre.

Pero ¿por qué te estoy contando esto?
¿Es que no sabes cómo es un hada madrina?

La cuestión es que el hada cayó justo encima del plato de Charlotte.
—Una pregunta, ¿están comiendo pan de centeno? —dijo, olfateando el aire—. ¡Me encanta cómo huele el pan de centeno!

*L*as niñas se quedaron sentadas, mirándola boquia-
biertas, porque nunca habían visto a un hada madrina.

—¡Ejem! —carraspeó el hada madrina—. En fin, ¿por
dónde iba? Ah, sí. No he podido evitar oír lo que decían,
y no parecen nada contentas siendo como son. Eso me
pone muy triste, así que les voy a dar la oportunidad
de cambiar su vida por la de otra persona.

—¿Y eso, por qué? —preguntó Charlotte, mientras
rescataba su plato atrapado bajo el trasero del hada
madrina.

—Les voy a decir por qué —contestó el hada—, pero no
me interrumpan. Si le tienen tanta envidia a Binah,
entonces está claro que tienen que cambiar su
vida por la de otra persona. Ahora que lo
pienso, tal vez a alguna de ustedes le
gustaría cambiarse por Binah.

—¿Qué? ¿Cómo vamos a cambiarnos
por otra persona? —interrumpió Grace.

—*L*o sabrán si me dejan terminar —protestó el hada—. Cuando las rocíe con mis polvos mágicos, podrán ser quien elijan. Pero antes les propongo que vayan volando conmigo a casa de Binah y así pasamos un rato con ella. De este modo, se asegurarán de que les gusta su vida. O la de cualquier otra persona, si se da el caso.

Las cuatro chicas tragaron saliva y asintieron con la cabeza. Finalmente, Nicole dijo:
—Pero... pero... si la miramos por la ventana, nos verá, y entonces pensará que hemos ido a robar o algo así.

—Eso, ¿y si llama a la policía? —agregó Amy.

—¡Qué tonterías! —dijo burlona el hada, mordisqueando las galletitas con chocolate de Charlotte—. Cuando las

rocíe con mis polvos mágicos, serán invisibles y
entonces podrán ir a donde quieran sin que nadie las vea.

Las chicas se quedaron sentadas sin saber qué decir, cosa que no
sucedía a menudo.

—Bueno, no se queden ahí comiendo como vacas —resopló el
hada, comiendo como una vaca—, que soy una persona muy
ocupada.

Las niñas se apartaron para hablar en voz baja. Al final, llegaron a
la conclusión de que, aunque el hada se había comido sus galletitas
sin pedírselas, no parecía tener malas intenciones. Además, no
podían dejar pasar una ocasión tan buena para espiar a Binah
sin que ella se diese cuenta.

Así que le pidieron que las rociara con los polvos
mágicos y se fueron volando a casa de Binah.

Y de pronto las niñas se encontraron sentadas a la mesa de la cocina de Binah. Allí estaba ella, de rodillas, frotando el piso con un cepillo. Le caían gotas de sudor de la frente y parecía muy cansada.

De pronto, entró su padre en la cocina y dijo:
—Se está haciendo tarde, Binah. Cuando termines de limpiar el piso, tienes que empezar a preparar la cena. Yo me voy afuera a arreglar el auto.

Binah sonrió y dijo:
—Está bien, papá.

Y él salió de la casa.

**B**inah dedicó todo su tiempo a hacer infinidad de quehaceres. Cuando terminó de fregar el suelo…

Peló papas…

Cortó cebollas…

Puso la mesa…

Limpió el pescado…

Lavó la ropa sucia…

Planchó…

y, finalmente,
sacó la basura.

Las Rosas Inglesas no podían creer lo que estaban
presenciando. En toda su vida, jamás habían visto a una
niña trabajar tanto.

—Me recuerda a la Cenicienta —dijo Amy.

—Parece que lleva una semana sin peinarse —observó
Charlotte.

—¿Dónde estará su mamá? —preguntó Nicole.

—No tiene madre —contestó el hada madrina—. Vive
sola con su padre, y él trabaja todo el día. Por eso,
cuando ella llega a casa después de clase, tiene que
limpiar la casa, lavar la ropa y preparar la comida.

¿**Y** tiene que hacerlo todo ella? —preguntó Grace.

—Pues sí, tontitas —respondió el hada—. ¿No les acabo de decir que vive sola con su padre?

—¿Y qué le pasó a su madre? —preguntó Nicole.

—Murió hace mucho tiempo. Probrecita —dijo el hada con un suspiro—. Y, como ya saben, al no tener amigos, Binah se pasa todo el tiempo sola.

—Vengan, chicas, ¿quieren ver cómo es su habitación? —propuso el hada.

Las Rosas Inglesas se levantaron de la mesa para irse, pero les dio pena dejar sola a Binah con todo ese trabajo.

—No se distraigan, niñas. Tengo muchos sitios adonde ir y hay gente que me espera —dijo el hada con impaciencia.

Así, fueron a ver si les gustaba la habitación de Binah.

Pero jamás se hubieran imaginado lo que allí encontraron.

Una habitación normal con una sola cama. Un ropero con cajones. Un estante con libros. También había una muñeca, claro. Pero sólo había una. ¿Cómo era posible? Pues lo era, porque si no, no te lo diría.

Sobre la mesita de noche había un retrato en un marco. Las cuatro niñas se acercaron para ver quién aparecía en la foto. Era una bonita fotografía de la madre de Binah. A Nicole empezaron a brotarle las lágrimas.

—Me siento muy triste—dijo.

—Debe de ser horrible no tener madre. Seguro que se siente muy sola —dijo Charlotte—. Y nosotras no la hemos tratado nada bien.

—Bueno, ¿qué me dicen? —las interrumpió el hada madrina—. ¿Nadie quiere cambiarse por ella?

Hubo un silencio muy largo.

*L*as Rosas Inglesas se miraron entre sí. Había tanto silencio que hasta se hubiera oído volar una mosca.

—Creo que nos hemos equivocado del todo con ella —dijo Grace—. Yo no sé qué haría sin mi madre.

—Yo no sería capaz de hacer tantas tareas —dijo Amy—. Y no tengo ni idea de cocina.

—¿Y no les gustaría ser nadie más? —preguntó el hada madrina—. ¿En otro vecindario? ¿En otra ciudad? ¿O incluso en otro país? No hay nada que no pueda hacer.

—Sólo queremos ir a casa, por favor, para dormir en nuestras camas de siempre y volver con nuestras queridas familias —suplicó Nicole.

—Sí, queremos volver a casa —sollozaron las demás niñas.

—Como quieran —dijo el hada— pero, a partir de ahora, será mejor que piensen bien antes de quejarse de que alguien vive mejor que ustedes. Ya se lo he dicho antes, ¡soy una mujer muy ocupada!

En un abrir y cerrar de ojos, las Rosas Inglesas ya estaban de vuelta en la cama, profundamente dormidas.

wakey-wakey!

BUUUZZZ!

RING RING!

A la mañana siguiente, las chicas se despertaron aliviadas al ver que seguían siendo las mismas. Se contaron el sueño y se prometieron que, desde ese día, serían más amables con Binah y dejarían de quejarse de cómo eran sus vidas.

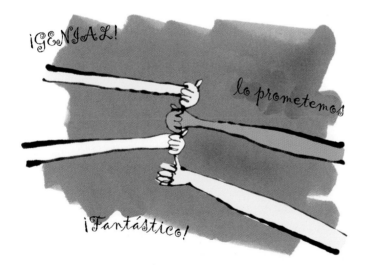

¡GENIAL!

lo prometemos

¡Fantástico!

Primero invitaron a Binah a merendar, luego empezaron a ir con ella a la escuela y, poco tiempo después, ya hacían las tareas juntas. Binah les enseñó incluso a hacer tartas de manzana. Las niñas no tardaron en descubrir que era muy simpática.

Al final, la llegaron a querer como a una hermana y a menudo iban a su casa para ayudarla con sus quehaceres.

**P**asaron los días y al cabo de poco tiempo, adonde fueran las Rosas Inglesas, Binah iba siempre con ellas. Y no lo vas a creer, pero todo el mundo en el vecindario hablaba de ellas.

Y esto es lo que decían:

—Estas Rosas Inglesas son algo fuera de lo común.

—¡Qué niñas tan bonitas!

—Cuando se hagan mayores, llegarán a ser unas chicas preciosas.

¿Y sabes qué?
Que llegaron a ser unas chicas preciosas.

Y si no lo crees,
pregunta por ahí,
que yo no lo he inventado.

Fin

Un especial agradecimiento en primer lugar a Eitan Yardeni por proponerme que escribiera estos libros. A HaRav y Karen Berg por su sensatez y su apoyo infinitos. A Michael y Yehuda Berg por enseñarme el arte de contar cuentos. A Billy Phillips por sus excelentes ideas. A Nicholas Callaway por su entusiasmo y buen gusto y por su incesante meticulosidad. A Andrew Wylie por lograr que mis cuentos pudieran contarse en todo el mundo. A Caresse Henry por darle un sentido a todo el proyecto. A Angela Becker por su mente maravillosa y, especialmente, a mi "viejo" Guy Ritchie, por su increíble generosidad y amor.

First published in 2003 as
*The English Roses*.
Designed by Toshiya Masuda
and produced by Callaway Editions, New York.

*Las Rosas Inglesas*
Copyright © 2003 by Madonna.

Translation copyright © 2003 by Editorial Planeta, S.A.
Translated by Daniel Cortés.

Distributed in Spanish in the United States by
Scholastic Inc., 557 Broadway, New York, New York 10012.
SCHOLASTIC and associated logos are trademarks and/or registered trademarks of Scholastic Inc.

.

ISBN 0-439-60978-X

10 9 8 7 6 5 4 3 2   03 04 05 06 07 08 09

Printed in the United States of America

Visit Madonna at www.madonna.com
www.scholastic.com

UNA NOTA SOBRE EL TIPO DE LETRA:

Para este libro se ha utilizado la fuente tipográfica Mazarin, diseñada por Jonathan Hoefler. Mazarin es una recuperación de la fuente ideada por Nicholas Jenson, el tipógrafo del siglo XV que creó una de las primeras fuentes de imprenta de tipo redondo. Copyright © 1991-2000, The Hoefler Type Foundry.
La fuente tipográfica de la portada, logo e ilustraciones es Gigi, diseñada por Jill Bell en 1995.